小説家としての生き方100箇条

吉本ばなな

はじめに

吉本ばなな

はじめに

ひょんなことから、よく読んでいたこのシリーズに参加できることになった。詳しいことはあとがきに書くけれど、そこまで飛ばして立ち読みしないでね。お世話になった北里洋平さんも甲斐博和さんも、とてもイレギュラーな本の作り方をするけれど、とびきり頭が良くて行動力があり、何よりも現実的にシャープだった。私がゲラの出し方を紙でと指定していたのに、加筆をＷｏｒｄでしてしまっていたからそっちで出してくれる？　とトンチンカンなことを言っても、「吉本さんが紙で出せって言ったんじゃないスカ！」と一言も言わず、すぐにＷｏｒｄとＰａｇｅｓとＰＤＦで送ってくれた。これは、できそうでなかなかできないことだ。

直しのあり方も、「ザ！　野郎」という感じばかりで笑ってしまったけれど、彼らに自分たちの世界観がしっかりあるのがとても好ましかった。本を作る？　出版社を作る？　それは情熱とスキルがあればできるんだ、そういう声が聞こえてきそうな本作りだった。

素敵な野郎たち、どうかこれからも世界を舞台に自由に遊んでくださいね。

小説家としての生き方100箇条

001

人の言葉で書かない。
自分の体から出た言葉だけを書く。

私の小説は全部寓話で、現実を描いているのではない。

人の潜在意識に読んでもらうための本。

表の意識じゃなく、潜在意識の中にある、ゴミみたいな泥みたいな、押し込めちゃって見ないようにしてきたこととか、やりすごしたりして溜めていること、それらを浄化するために書いているから、その人が意識している本人より、その人の潜在意識に読んでほしい。


だから、体が大事なんです、体の持っているリズム。


人の言葉を借りて書くのはすごく楽です。たとえば、村上春樹さんの文体で書けって言われたらすごくいっぱい書ける。だけど、自分の体のリズムに合ってないから、どこかで違和感が出る。リズムがズレる。

そういうことが起きるから、自分の文体以外では、書くと楽だけど、私は書かない。

002

24時間が仕事で取材。そのことを決して忘れない。

いつも考えるのは、プライベートでオフに切り替えられる、そういう仕事の仕方ってどんなに楽なのだろう？　ということ。
だけど、やっぱり24時間、夢見ているときも寝ているときも全部取材だと思ってないと、どうしても気が抜ける。

今はオフだから何もしなくていいと思ってしまうと、私は怠け者だから、本当に何もしなくなる。当然頭も回転しなくなるから、どこかを少しでもオンにしておくように、感覚だけは研ぎ澄ませておく。

003

安らぎはふいに勝手に訪れるもの。
自分から求めてはいけない。

お酒や、他のいろんなものもそうだけど、結局セッティングを頑張り過ぎちゃうと、ズレていく。もちろんセッティングはある程度すべきだけど、安らぎを期待したり、求めようと思わないほうがいい。そのほうが、急に来る変なことを受け入れられるし、意外な展開も楽しめる。

自分の意図や希望で、自然な流れをコントロールしないことが大切。

004

時代をよく見る。
変な服を着てもいいが自分にとってダサい服は着ない。
私の場合のそれは、会社員的な服やマダム的な服であるが、
そこは人それぞれの好みであろう。

時代はいつだって変化しているけど、ちょっと前と今でもどんどん変わってきている。時代の気配の変化というか。少し前の服は、人に見せるためにもっと表に向いていた。だけど今は、みんなが自分の内側や、好きなものに向いてきているのが、いい傾向。

たとえばビリー・アイリッシュ。男の子っぽい格好だけど、グラビアのときはちゃんとドレスを着たりする。それって、ジェンダーが薄れてきているということ。そういう時代になってきているのは嬉しい。

人に見せるためであったり、こう思ってほしいからであったり、そのために服を選ぶ時代から、自分たちが満足するために服を選ぶ時代になってきた。だから、若い人たちを見て羨ましさを感じる。

私はとにかく、スーツとか着ると苦しくてどうにかなってしまいそうになる。小説家になったばかりのときはスーツを一生着ることないと思い、それなら、と着ていたが、そうしたら脱ぎたくて脱ぎたくて、いつのまにか脱いでいる。ベルトやストッキング、時計も、さらには靴まで脱いでいる。ダメだと思った。本当に、私には合わない。でもやってみてよかった。

005

あたりまえとされてること全部を、いったん疑ってかかること。

たとえば、ロシアがウクライナに侵攻していることを、「もう絶対ロシアが悪いよね」と思う。報道もそういう風味でされている。

それはそうに決まっているんだけど、もう少し情報を自分で調べてみてから考えてほしい。

「あたりまえでしょう」とみんなが言っていても、「いや、そうとも限らないときもあるんじゃない」と。

そういう視点をいつも持つこと。

006

取材をするためには、自分自身に特別感や不潔感は出さない。
探偵のようであれ。

取材するときには、相手に合わせることが大切。

私はこういう仕事の者です、取材で来ました、という感じの態度をしたり、そんな感じの服を着ていると、相手がまず状況に圧倒されてしまい、話してくれなくなる。

なるべくコンビニの袋とかを持つ。そして地味に、地味にしている。自然に話し、自然に黙る。

そうすると、心を開いてもらえる。

007

いつも全部を観察する。
自分の見たいものだけ見ないように気をつける。

見たいものだけに視線を集中させると、周辺がぼやけるから、きちんと見ることができないし、情報も偏る。だから全部を見ている感じと、集中している感じを、両方持つ。

カメラでいうと、撮りたいものとその周辺であれば、周辺のほうに大事なものが写っていることがよくある。それと同じ。

最近のテレビのトーク番組では、舞台のセットがだいたい同じで、使い回しみたいな感じ。棚に入っているものも、ペラッペラ。みんなは人を見ているから気がつかないけれど、そのペラペラ感は、実は、人の印象に残っている。

全部の観察をちゃんと行き届かせるためにも、まずは全部を俯瞰《ふかん》して見る目を持つのを心がけている。

008

影響はいつも素直に受ける。
いろんな人や場所をただ見て、得るべきものを得る。
そしてそれを消化してから自分の言葉で書く。

自分の頭を持ったままで出かけていくと、やっぱり自分の見たいものしか見ないし、自分の感じたいことしか感じないから、あまり意味がない。家にいるのと一緒になってしまう。だからなるべくフラットでいる。

頭の中を無にしていって、ああ、ここを見ておいて良かったんだとか、聞いておいて良かったんだとか、そういうのが私にとっての、消化ということ。

009

何ごとにも前のめりにならない。

たとえば、気に入ったものとか店とかがあると、100個くらい買っちゃう。なんだったら店ごと買っちゃうくらい。

「また来た」みたいになっちゃう。

でもそうすると、結局何か物を捨てなきゃいけなくなる。

人の関係もそれと同じで、わぁって勢いで行くと、戦車が通った後みたいな、荒れ野原みたいな、何も残ってないみたいになっちゃう。

やっぱり、人間関係にも、物を持つことにも、時間とのコラボが必要だと思う。

010

好きな季節のためだけに他の季節を生きていい。
その自由をいつも感じているようにする。

私は、夏が好きで好きで好きでしょうがなくて。
今年は、私の夏が自分と家族のコロナで潰れちゃって、家にばかりいた。あと何回夏を味わえるのかと思うと、もう本当に泣きたい。そのくらい、他の季節があんまり好きじゃない。

たとえば、夏のためだけに冬を生きているっていうくらい。

冬の間、自分の時間がもったいないと思うぐらい、冬眠しているみたいに何もできない。あと、夏なら別になんでもいいけど、冬って備品が多い。私なんて発達障害の極致だから、手袋、帽子、マフラー、ブーツ、コートとか、何がなんだかわかんなくなっちゃう。外出の準備をしているとき、本当につらい。傘も嫌。すぐ忘れてきてしまう。

でも、いろんなものを忘れてきても、そういう自分を責めないようにしている。
そういう自分なんだから、しかたない。

011

つまらない店のなじみ客にならない。
根性が腐る。

たとえば、お店のカウンターの人たちが、新規のお客さんを見て、「あの人モグリなんじゃない？　ふふふ」みたいになるような、ハードルがある感じは店として格好良いと思う。だけど、そういうのじゃなくて、もう本当にお店側が客を選んでいるお店ってつまらない。

そういうところで気に入られたからって、いい気分になっちゃうっていう客も、本当に最低だなって。

店に入ったときに、他が空いているのに、こちらの席へって通されるのもつまらない。席が空いているなら、好きな席を選ばせてほしい。そのくらいの小さな自由なのかもしれないけど、自由が一番大切だと思う。

そういう小さいことが大事。

012

落ち着ける場所を世界中に持つ。

私、カプリ島が大好きで。

行くのが面倒くさい場所だから、なかなか行かないけど。旅人ばかりいるから、自分たちが行っても外国人扱いされない感じ。

以前、カプリ賞という露骨な名前の賞をいただいて、1週間カプリに家族でいたことがある。最高に楽しかった。毎日が夢のようで。朝起きると景色がすてきにすばらしくて、毎日できたてのアイスをホテルの隣の店で食べて。

カプリ島にいる人たちは、大抵私には関係ないほどあまりにもセレブ過ぎて、見ているだけで楽しい。素直にウォッチングできる。どれだけ見ていても、何見てんの？　みたいなのは絶対ない。

どんどん見てくださいっていう人たちしかいないから、すごく好き。

あの、ずっと眺めていてもいいいって感じが。

みんな夕方になると、どこかしらのパーティに参加するために着飾って出てくる。その雰囲気が楽しい。

013

目が覚めたとき、自分がどこで何をしてるか忘れるような
深い眠りをたまに持つ。

いつのまに寝ていて、起きたら、3分? 3分しか経ってないの? もっと長く寝ていたように思うけど? みたいな感じを持つのが、本当に脳が休むような深い眠りだと思う。

ふだんはたくさん寝たいから8時間くらい寝るけれど、それよりもその3分の眠りのほうが充電された感がある。

深い眠りを得るには、自分が気づかないまま寝落ちするくらい、ギリギリまで起きていること。起きて、何かを夢中でやっていること。

014

少し怖いと思ったり、面倒と思うことが、もしも自然に
自分にやってきたら、逆らわずに乗って楽しむ。
必ずネタになる。

夜道で誰かに追いかけられるとか、本当に怖いことにはもちろん逆らうけれど、ちょっと面倒くさいとかちょっと怖いなみたいなのは、大事な扉を開いてくれる。

税務調査とか、もう本当に怖い。

全く楽しめないけど、え、ここ突っ込んでくるんだ、みたいなことは、取材になる。

たとえば、税務署の人が家に来たことがあって。わりとぽわんとした女の人で、ああそうですね、そうですねって図面見ながら普通に楽しく話をしていた。犬を撫でてくれたり。

それで階段を普通に上がっていたら、「む！　この階段は少し面積が広いから、階段だと見なされませんよ」って。

そのときの、その人のシャープさ。そういうのを見ると、ああ、やっぱ取材になるから良かった、と。

たとえ税金が高くなっても！

015

小説家にジェンダーはないが、男女には大事な違いがある。男は一心に集中できる。女は全体を見ることができる。女性なら全体を見てさっと把握する目を持ち続けよう。

男の人に「子どもを見ててね」って言って預けると、本当にただ見ているだけっていうケースが多々あって。オシメが濡れてようが、鼻血が出てようが、

「何してたの？」

「見てたよ」

とか言われるような。


だけど女性が子どもを見るときは、本能的に全体を見ていて。あの机の角ちょっと危ないな、タオルかけとこ、とか。そういうのが違うところ。

男の人ってもう本当、あの、三代目魚武濱田成夫さんが言ってたように、シーソーが楽しいと思うとゲロ吐くまで漕いじゃう、みたいな。


男の人のいいところはそういうところだと思うけど、女性は本当に、これ以上漕いだらゲロ吐くだろうなってわかってやめるっていうか。

その特徴には、性差があるなって。

016

「違うこと」をしないこと。
体と自然がそれは違うことなのかどうか、
いつも必ず教えてくれる。

たとえば、この人に絶対会っておいたほうがいいよ、みたいな人を紹介されても、ほぼ会った瞬間に、もう体が避ける。

そうすると、それは絶対に今後はないということ。

それ以上、会わなくていい。

利害の感覚と魂の感覚は違う。結局利害や欲で知り合っても、ろくなことにならない。

そういう本能的な、体の判断を信じること。

017

つまんない怪我をしない。
そういうのに時間を取られないように用心深く動く。

日常に支障が出るのは、入院するような怪我じゃなく、小さな怪我。なんであんなところで怪我したんだろ、ああそうか気抜いてたからだ、みたいな怪我。包丁で、指先を少し切ったくらいでも、皿も洗えないし、おにぎりも握れないし、ホント困る。

こういうのがつまらない怪我。しないほうが絶対いい。
気をつければ避けられる。

018

自分を責めない。
どんなときでもベストをつくして自分の筋を持っていれば、
責めなくて済む。

自分を責めて、何かいいことがあるのかというと、1個もない。
それはもう自明のこと。

自分が変な人に会って、好ましくない仕事を気が乗らないのに流れで頼むとか、頼まれるとか、そういうことさえしてなければ、たとえ揉めても、自分を責めなくていい。

でも、その偉さがよくわからないタイプの偉い人に紹介されて、「ああホントそうですね」とか言っているのは時間がもったいない。そういうときに自分を責めやすくなっちゃう。

「ちょっと業種が違うみたいなんで、あまりお話に興味が持てなくてごめんなさい、家族と過ごしたいから帰ります」みたいにはっきり言えたら、自分を責めなくて済むから。

そういうのが言えなくて、「じゃあ君、今度ウチの別荘に来たまえ」なんて言われて、「先生のお誘いなら」なんて言って断われずにいやいや行って嫌な思いをしたら、相手にとってもよくないし、何より自分を責めてしまうから。

そんなふうに自分を責めることにならないように、いつも行動する。前もって、そう思っていたほうがいい。後悔をしないように、自分の言動に気をつける。

019

よく食べて、よく寝て、よく笑い、よく泣く。
書くのは複雑な作業だから、自分自身はシンプルに生きることを心がける。

心とか状況をシンプルに保つこと。
たとえば、愛人が5人いたりしたら、生活がシンプルじゃなくなるに決まってる。
書くっていうのは、分厚い皮を重ね合わせて縫うような力のいる作業だから、
結局他が複雑だと、それどころじゃなくなっちゃう。

だから、余計なことを考えないためにも生活はシンプルにしたほうがいい。

020

小説家は地獄みたいな仕事だ。
24時間自分に向き合わなくてはいけない。
だからこそ身辺はなるべくきれいに保とう。
秘密を持つといっそう疲れる。

引き続き同じ話ですが、何回言っても言い足りない。人間関係はシンプルに保ちたい。それこそ、愛人がいるなら、「実は愛人がいるんだ」って奥さんにちゃんと言っちゃうとか。その場では揉めても、そのほうがのちのち楽。

小説家になるなら、隠しごとをしないこと。これもうバレたら絶対ヤバイみたいなのは、絶対にないほうがいい。

小説家というのはとにかく大変な、エネルギーを使う仕事です。夢を見ても取材になるから、夢を見るたびにメモをとるくらいに。

みんなは結構、小説家のことを、サザエさんに出てくる、隣の家の作家の伊佐坂先生みたいに思っている。たまに執筆して、散歩してとか、のんびりした職業、そういうイメージを持っているけど、もっと大変な仕事なんです。

ただ、伊佐坂先生がどういう作品を書いていたかは、知りたいけれど！　見た感じだと時代小説家かなあ。官能小説家だったらウケるな。

021

つまんなくても見た夢はメモろう。
心の底の広大なものにつながれる。

私は、昼間に会う初対面の人で、ああ楽しい時間を過ごしたなと思って夜寝たら、その人の悪い夢を見ることがあるんです。だいたいそれが、100パーセント当たる。あの人はやっぱり悪い人だった。もう会うのをやめよう、みたいな。そういう意味で、表の自分は何も感じてなくても、裏の自分がしっかりと感じていることってたまにあるんだなって。夢ってたまにそういう世界を見せてくれる。

私は基本的に下町のシンプルなバカだから、誰と会っても、あははって笑って、おとなしく帰っちゃう。でも、その人が私にとって悪い人だと、大抵、なぜか夢の中でその人の口が開いている。それでわかる。夢の中で、なんでこの人、口開いてるんだろうって思うと、だいたい後で、その人が詐欺師だったとか捕まったとか。

ただ、いい人でも捕まることはあるから、捕まったからその人が悪い人、というわけではなくて。私の夢で口が開いていた人たちは、後でいろいろわかってくると悪魔のような人だったりする。そういったことがわかるセンサーがきっと人間にはある。

夢をメモることで、それに気づくことができることがある。そうすると自分を信頼できるようになる。

022

モヤモヤする仕事はしない。
大切なものが減るから。

モヤモヤする仕事はもちろん頻繁にある。
たとえば、「とあるイベントに出てほしい」って言われて、「時間は午後、場所はここなら空いています」と返答したら、サラっと夕方から夜にかけての時間帯で、こちらが指定した場所から1時間くらい離れた場所を指定されて、「じゃあお願いします!」みたいな。いや、午後でもないし場所も違う、それはないよ、って、こちらは何も悪いことをしてないのにモヤモヤしたり。

そういうのを、でも仕事だから、とか、1回OKしちゃったし、とかって調整したりすると、自分にとって何かすごく大事なものが減っちゃう。
外面的にも内面的にも、両方を自分が消耗して時間を調整して合わせなきゃいけないのか……っていう気持ちになってしまうような仕事自体、もういい仕事じゃない。やらないほうがいい。

そういうことは多々あるけど、でも結局、モヤモヤする仕事って、何も連れてこない。あと、うまくいくことってわりとトントンいく。そうではなくて変につまずくことが多いことは、もうそれだけで要注意。

023

でもそのモヤモヤする仕事が破格のギャラなら、
死に物狂いで楽しいほうに持っていくべし！
そういう遊びを心に持たせておくのも大切。
匙加減が必要。

モヤモヤする仕事でも、自分の中に、そのときにちょうど足りない額があって、それにぴったり見合う額だったりすると、ちょっと面倒だけど受けておく。

でも、1個だけいまだに謎の仕事があった。とある企業からの講演依頼。めちゃくちゃ高い講演料で、仕切りもすばらしくて。楽屋があって、着替えの場所もあって、食事はこれ、と、すごく完璧。で、普通に講演の仕事をしてお金も受け取ったんだけど、いまだに、こういうふうに良かったです、とか、またやってください、とか、何も連絡がなくて。

何も残らなかった。

普通、誰かひとりぐらい印象に残る担当の人とかいるけれど、本当に何もなかった。でもそういう体験も面白いから、ちょっとバリエーションを持たせて仕事をする。

024

養うものを持つ。
植物でも、犬でも、車でも、金のない仲間でもいい。
自分だけだとどんどん視野が狭くなるしケチになる。

私がたまにおごっているのは、金のない友だち。たまに金のない姉も。別にお金があるわけじゃないのです。でも、自分だけのために使うより、そういうお金の使い方のほうがいい。もちろん自分のためにも使うけれど。

そのときにお金を持っている人が払う、みたいな感覚を、もうちょっとみんな持ってもいいんじゃないかって。やり過ぎはよくないけど。

今の世の中、あまりにも世知辛過ぎるから。

025

いつも会う仲間と、めったに会わない人種と、
両方に開かれておく。

偏見を持たなければ、いろんな人に会うことができる。損得ではなく、こういう人もいるんだ、みたいなことを、いつも知っていたほうがいいように思う。でないと、自分の守備範囲がどんどん狭くなってしまう。ふだん会う人のありがたみもわかるし。

いつも会う人って、意外にもう決まっている。日常的に会ってもいい人って、もう体が決めている。それは絶対選べない。体や運命が決めている。自然なことだと思う。

だから、面倒くさいって思っても、めったに会わない人を拒まないようにするのってすごく大事。たとえばだけど、93歳のおじいちゃんとか。会ったら話が長くてすごく面倒かもしれないけれど、でも会うようにする。

別に何かを得るためじゃない。心のケチになりたくないから。

026

毎日を旅先の生活にするように心がける。
そして旅先では毎日を日常のように生きるよう心がける。

観光に全く興味がなくて。

遺跡的なものはわりと好きだから見るけど、それ以外に全く興味がないから。ホテルでダラダラ寝て起きて、だらだら出かけて、夕方になったら飲み始めるみたいな。


毎日を同じようにすると、急にその町が見えてきたりする。

観光地ばかりに行くルートって独特。どういうタクシーでどれくらいの額でどこに行って何分過ごしてってだいたい決まってるから。

するとやっぱつまんないというか、その国が見えない。


そういうふうに思うから、なるべく普通に過ごすようにする。

027

誰も空なんて見てなくても、ひとり見上げよう。
今、月がどのくらいの月齢なのか、せめて知っていよう。

時間は止まってない。毎日空は変わっている。

全てが少しずつ変化している。そういうのって、都会にいるとつい忘れちゃう。

だけど、都会にいたって自然は動いている。そういうのを感じておくようにすると、時間が流れているのを忘れなくて済む。


人生の時間の短さを理解できる。

028

プールで泳ぐくらいなら、海で泳ごう。
1ミリでも多く、広さや自由に近づき、求めよう。

とにかく海で泳ぐのが好き。プールではなく、海で、だ。
海で泳ぐには、流れとかも読まなきゃいけない。沖に流されて死んじゃうから。だから、海で泳ぐときはちゃんと大切な感覚を使っている。

どうしても夏以外に泳ぎたくなって、プールがあるようなジムに何回か入会したけれど、絶対無理と思った。毎回水に焦がれて泳いではやはり無理と思うから、もう行かない。水に浸かれればなんでもいいって思って行っても、物足りなくなって、何回か海との違いを思い知ってすぐ退会するっていうパターンをくりかえして。

さすがに、もう無理だとわかった。水ならなんでもいいって、毎回思うのに。
そのくらい、海で泳ぐのが好きです。

029

少しでも「これは魂が死ぬな」と思ったら、全て止める。

心の自由って、案外、微調整で勝ち取れる。

「もうこんな生活は苦しくてつらい」「通勤が嫌だ」とか言っている人の話を聞くと、意外にギリギリでなんとかできることをしてない場合が多い。たとえば朝5時に起きて会社に行っちゃうとか。車で通うとか。会社のそばに家を借りちゃうとか。いろいろ方法はあるのに、1個も試してないことが多い。

他にも、前後に仕事を頑張って、有休をたくさん取るとか。

「いやいや、でも、みんなの顔色を見たらとても取れない」とか言うのを聞いていると、案外頑張ってないなと思う。

じゃあ、会社を辞めますとか、学校を辞めます、みたいな極端な話じゃなくて。自由のために、頑張れることがある。

意外に、自由は小さなことで勝ち取れるもの。

030

酒は飲んでも飲まれるな。
寝ゲロは吐くな。

トコトン飲んでいた頃は、飲み過ぎて寝ゲロ、窒息！　ってことがよくあった。この死に方嫌！　って。

だからとにかく、飲み方云々よりも、ゲロを吐かないこと。


ゲロは、全てを打ち消すから。楽しさも。

全員が騒然となるし、その前にどれだけ良いことを言っても、全てをぶち壊す。片づける人、泣く人、怯える人、いろんな人が出てきて大変。で、またゲロ吐く人を介抱する人も大抵ベロンベロン。その光景はまあ最高だけれど、やめたほうがいい。

帰ってから寝ゲロで死ぬ可能性もあるし。

ゲロ吐かなければなんでもいい。

031

書くものが自分に発している小さな声をいつも謙虚に聴こう。
書いたのが「自分」だとはゆめゆめ思うな。
書かせてくれた何かに感謝を。

書くときは、すごく冷静。

数学とか物理とか、そういう感じで書いている。

だからこそ、自分が書いていると思わないようにしないと、本当に難しい。

自分以外の偉大な何かの管になっているような感じです。

私の本がものすごく売れていたときに、謙虚さを失ったって、いろんな人に言われたけれど、売れているってだけなのに、謙虚じゃないってなんなの？　ってすごく思った。

だから、そういう、人が勝手に言うことと全然関係なく、書くものに関してはすごく謙虚であるように、いつも気をつけている。

032

今全く理解できなくても、「違うこと」をしないでいたら、いろんなことがいい場所に連れて行ってくれる。

電子書籍が世の中に出る前くらいに、急に出版部数が10分の1ぐらいになった。私だけじゃなくて、きっと小説家全員。

そのときに、わ、これはきっと商売変えなきゃいけないなと思って。真剣に悩んで。

それで、何やろうかなって考えたけれど、結局書き続けてしまうのだから、変えずにじっと我慢したら、電子書籍が世の中に普及して、本当に良かったたっていうようなことがあった。

あそこで我慢しないで別の商売始めていたら、多分、今頃もっと大変になっただろうから、良かったなって。

ちゃんとまた、元の場所に戻ってこられた。ものを書く場所に。

033

ものを書くというのは、空中に不動産を買っているようなものだ。
家に執着するな。
(私は住みたいところを見つけてローンで家を買っちゃったけど、
悔いはない)

今の家を見たときに、これを買わなきゃダメだって直感的に思った。そのときは、貧乏のどん底だったけれど、めちゃくちゃ無理して買った。超小さい家に引っ越して、とりあえず金貯めようって思っていた時期だったから、そんなの無理だろうと思ったけれど、それでも頑張って買ったし、なぜかその家を取り合うコンペみたいのにも勝ち残ってしまった。お金もないのに。

今もギリギリながら、どうにか着々と返せている。

ああいう勘に逆らうと、ろくなことがない。きっとすごく遠回りになる。

当時、家を買うということは、現実的にはあり得なかった。銀行に行っても、「あり得ない」「貸せない」って言われたけど、ひとつだけ貸してくれる銀行があって。

それで今住んでいるけど、コロナ禍で、新しい家の大きなテラスが、どんなにありがたかったか。前の家だったら耐えきれなかったかもと思うと、本当に良かった。

034

逃げ足は速く。キレよく。

なるべくスマートに、きれいに逃げたい。
ただ、私の場合、だいたい、ちょっと揉めるけれど。
自戒を込めて言いますが……できればキレよく逃げたい。

035

取材が楽しくても、のめり込み過ぎて、
書く時間がなくならないように確保する。

自分でも、奇跡が起きていると思う。

私の今の家族はほとんど家事とかしないから、どうやって時間を融通しているのか我ながら不思議。かなり、無理なことをしていると思う。しかも、それを何十年も続けられている。ずっと奇跡が起きているって思いながら。

たまに倒れたりもするけれど。


若い頃は飲みにのめり込み過ぎて、夕方になったら酒場に出かけていって朝まで飲んでいた。でも、それは私にとって、いろんな職種の人に会って話を聞いて、すごくいい取材だった。


ただ、のめり込み過ぎちゃったなって。

書くどころじゃなかったから。


私の場合、飲みで取材をするっていうのが勝負だったとしたら、子どもができてからは、家事も生じて、それができなくなった。だけど、形を変えてやっぱりやっている。なくならない。死ぬ時まで。

そう思ったほうが、気が楽。

036

無理にとは言わないが、
子どもを持つのはものを書くじゃまにならない。
創作にとっていいことしかない。

育児に追われていた当時はもうめちゃくちゃ。時間のために人を雇って、
そこでお金もたくさんかかって。
5分でもひとりになりたいから夜中の3時にひとりで王将に行く、みたいな。
そうしてなんとかして時間を融通していたけれど、やって良かった。
子どもを育てる、あんなに大きなプロジェクトは、人生にないから。
見返りなんてなくてもいい。

037

産まない人生を選んだ場合、汗をかかない、他者のウンコに触らない、料理をしない、洗濯物を干さない、そんな生活をしてはならない。手がダメになり、文章がダメになる。

生活は普遍的なもの。

たとえホテルで暮らしていて、洗濯物を全部ホテルのランドリーに出していたとしても、生活は生じる。人は生活っていうものを忘れたら、絶対に、いけない。不思議なもので、部屋の中にずっといて無菌かのように暮らしていると、自分では大丈夫だと思っていても、急にアリンコとかバッタとかウンコとかに触れなくなる。

人間の生きる環境の根底にあるものに常に触れていないと、作品どころか、だんだん人生もダメになる。

どうしてダメになるのかわからない。でも、そう確信している。

038

適正価格じゃないものは決して買わない。
文章が腐る。

適正価格とは、自分にとって適正かどうか。

全部を安く抑えるという話ではなく、自分にとっていいと思ったら、もう100万円でも1000万円でも買ったほうがいいし、ちょっと違うと思ったら、どんな義理があっても買わないほうがいい。その小さな違和感が後から何かしら書くのをじゃますることを呼んでくる。その時間のムダが文章に必ず出てしまう。

039

恋愛を逃げ場にしない。
休息の場にもしない。
相手のあることだから。

恋愛を否定しているわけじゃない。ときめきはあったほうがいい。ただ、気づいたらそうなっているのが恋愛。意識してもできるものではない。

恋愛は、交通事故だから。

ただ、この年齢になると、恋愛を休むために利用する人が多い。

恋愛をしていて、「その時間だけが休める時間なんですよ」みたいな話を、この年齢になるとよく聞く。でもそれって、結局自分勝手なことだから、相手に無理させているし、破綻しやすい。

たとえば男性が、綺麗な女性と綺麗な店に行って美しい時間を過ごして、その後ホテルに行って何も背負わずに楽しむみたいな。そういうのをやっている人は、楽しそうだけど本当には楽しくないと思う。恋愛を逃げ場にしているから。

040

街を見るときはいつも、自分がここに住んだらどうなるかを真剣に想像してみる。

シチリアに行ったとき、ここに住めたらと一瞬真剣に考えたことがある。
もう、空を見ているだけで幸せ。
レモンもなっているし。泥棒ものびのびといっぱいいるし。
この幸福な場所に住んだら、と想像すると、ああ私は何もしない、何も書かない
わ、ということまで想像がついた。
それじゃダメじゃん、と思って、すぐに諦めた。
いつかあるかもね、そういうふうに気持ちを自由に泳がせておく。

041

工夫して生活を遊びに変える。
朝から「夕方どこに行って何を食べよう」などと夢を見る。
バカ高い店は適正価格でない限りはアウト。

生活を遊びに変えるために、もう着地点がわからないくらいに、いろんなことをしている。

たとえば、壊れかけた洗濯機を前にして、これをいつまで保たせられるかな？とか。すぐに買い替えたら一番楽。でも、そういうことじゃない。


仕事柄、たまにバカ高い店に連れて行ってもらうことがある。連れて行ってもらってこんなこと言うのもなんだけど、その値段を見ると、絶対嘘！ってなる店がある。そういうバカ高い店に行って満足するっていうのは、それはもう絶望で。

そういうところは、自分では行かない。

高い店でも、適正価格ならいい。

これだけの人を揃えて、これだけの材料で、これだけの気合いで、それはこれくらいの価格だわ、っていうのは全然いい。

食べものだって物だって同じ。合わないものは合わない。その感覚が大事。

042

目の前の人が「おい、冗談でしょう?」というようなことを言っていても、いちいち参加しないで心のメモ帳にメモる。そのほうがモメるよりも後で役立つ。

「それってマジで言ってるの？　冗談だよね？」とは言うけれど、そこから「私はこう思うよ」というやりとりまではしない。

モメるよりもメモる。

043

情熱の炎を決して絶やさない。
なんで書いているのか、何を書きたいのか、決して忘れない。

なんで書いているのか、その根本的な理由を忘れそうになるときが、たまにある。一番まずかったのは、収入が10分の1になる直前ぐらいに、本の表紙ができてきても、ああ表紙ね、って、それだけしか思えなかったこと。私、表紙って毎回いろいろ考えて、違うと思ったら戦うのに、その感覚が麻痺した瞬間だった。こうなっちゃったか、ヤバイなこれ、って。

だからちょうどそのときに、金がなくなったのはすごく良かった。なんとかしなきゃと思えたから。自分で本作ってでも出そう。出版社が出してくれなくなったら、電子書籍だったらできるしとか、いろいろ考えて。

そうしたら、また表紙を見たときに、よしって思えるな、ああ良かった、そのほうがいいなって。

その頃、本を作るということが、ルーティーンになっちゃっていた。ゲラを見て戻す。ゲラをもう1回見て戻す。表紙を考える。表紙を頼んであがってきたものをまた戻す、っていう流れが、またいつものかってなって。本当にヤバかった。

新鮮さが失われたら、火は消えてしまう。そうしたら書けなくなる。

044

すごく大事なこと。転んでもタダでは起きないこと。

何年か前に、集団に騙されたことがある。取り込まれた、と言ってもいい。家族も崩壊しかけるぐらいの騒ぎになった。すごく落ち込んで、ストレスでひどい中耳炎になって耳が聞こえなくなったりしたけれど、そこまでになっても絶対にタダでは起きないって思った。ちゃんと縁も切ったし。

どんなに落ち込んでも被害者にならないことが重要。被害者には、簡単になれるから。

045

心身に入れるガソリンだから、食べものには気をつける。
澱んだものばかり腹に入れると文章が腐る。
だから安くて新鮮な野菜や肉が買えるところをいつも知っておく。

食べもので文章が一瞬変わったことがある。アルゼンチンで。どこで食事をしても、野菜がない。あっても、じゃがいもくらい。どこへ行っても肉、肉、肉、肉。肉の内臓の中のビタミンを摂ることしかできなかった。

そしたら、いつものようには頭が細かく働かなくなった。便秘になるし、変なぶつぶつができてきて。ヤバイなこれ、って。

日本に帰ってきてブロッコリーとかをガツガツ食べたら治ったけれど、本当にびっくりした。

あんなに肉しかないところ、この世にあるんだ。そこに住んでいる人は動物の内臓からビタミンを摂ることができるんだ。人間ってすごいな。それを知ることができたのは良かった。

046

友だちが作ったものを、ブランドものより大事に使う。

若いときはめちゃくちゃブランドものを買ってた。なにせきちんとして見えるから、楽だし。

たとえば、イタリアに行って、プラダとかに行って素敵な靴を1足買うとする。そうすれば1年間くらいそれで幸せに暮らせるし、みんなにも「おしゃれだね」って言われるし、楽だなあって。

でも最近はそういうのじゃなくなってきた。

もちろん、手作りだって、クオリティーはいろいろある。一点ものだからいい、ということじゃない。

友だちが作っていて、適正価格で、クオリティーが高くて、壊れたら互いが生きている限り、直してもらえる。そういうものがだんだん増えてくる。年と共に。

そっちのほうが格好良い。これを成長だと思っている。

そう言いながら、ある時代の、好きなデザインの安いオールドグッチを集めたりしてるんだけどね。

047

自由でないことが1ミリでも入り込んできたら、死に物狂いで抗う。

飲み屋で、うるさい親父にたとえば、「絶対卵は溶かないで！」とか言われることがたまにある。

小さなことかもしれないけれど、そういうときにもし違うと思ったら、「嫌です、こう食べたいから」って戦う。

その通りにしたらおいしいんだろうな、と思えば別だけれど、もし1ミリでも違ったら。

048

各地で常にものの価格と鮮度とプレゼンの仕方を見る。
その国や地方のことがよくわかってくる。
それが書いたものにしっかり反映される。

たとえば九州は野菜がめちゃくちゃ安い。東京での野菜の価値と、九州での野菜の価値は明らかに違う。

そういうのをちゃんと見ておくこと。

さっきも言ったけど、アルゼンチンの食事には野菜がほとんど出ないから、そこに果物や野菜を持っていくと喜ばれる。そういうのもわかる。

ものを買うときも、全体を見ることが大事だと思う。

049

変わった人、刺激をくれる人、
目から鱗が落ちるようなことを言う人に、
いつも出会えるようにしておく。

大勢で行動していると、結局誰にも出会えない。

かといってひとりだと、私は方向音痴過ぎて本当に死んでしまうから、アシスタントさんに付いていてもらうことも多いけれど。

旅もひとりで行くほうが、出会える人の数が多いし、その人たちが、「ああひとりで旅をしてるんだ」って思ってくれると、より親切になる。


出会ったときに大切なことは、素直でいること。たとえば、他の人たちからメンターと呼ばれるような人と出会えたとする。そういう人って、「すごいですね」とは言われ慣れている。だから、ちゃんと相手を見て、素直に「ここがすごいですね」とちゃんと厳密に言ったほうが、伝えたいことが伝わるし、出会いが何にもつながらずにそこで終わることもない。

050

考えるより動くこと。なんとなく光ってるほうへ。
計算したら文章が腐る。

計算して自分を作ると、その場では多分儲かるけど、長い目で観たら結果的にアウトになる。

自分のままでいるようにしていると、ここはなんだか澱んでいるな、向こうは澱んでないなって、見えるようになる。

澱んでないってことは、私にとって光って見えるということ。

目の前をクリアにして、澱んでいない、光っているほうへ行く。

澱んでいる気持ちで書いても、澱んでいる文章しか出てこない。

051

汚いものを見ても批判しない。時間がもったいない。
そんなひまに書きまくれ。

汚いものを、ひとごとだと思うこと。

純文学業界では大したお金が動くことはないから、作品としてはどろどろした話がたくさんあっても、実際にすごく汚いものを見ることはめったにない。ただ、他の業界にはすごく汚いことがたくさんある。

大変なんだろうなって思っても「そんなことは私は嫌です、改善しましょう！」とか言わない。

ひとごとなんだから関わらなくていいし、そこに心を砕かないこと。取材程度でいい。

052

世界平和を目指したり団体に加入しない。時間がもったいない。
そんなひまに書きまくれ。

自分の周りの平和だけでいい。

自分の周り5人くらいが平和になったとして、それぞれの、その周りの5人くらいが平和になれば、みんながそうだったら、世界は平和になる。それができないんだから、人間って本当にバカなんだな、と思うけれど。

きっとそれが全て。

団体に入ったら終わりだと思う。

053

そのかわり自分の周りの小さな空間や愛する人たちとの関係を、
禅寺のようにきれいに保っておく。そして書きまくる。
これが世界平和への近道。

自分の周りを平和に保てなくて他の何を保つの？
全ての家族が幸せになれば、社会はその集合体だから、社会も平和になる。
会社とかも同じ。
自分の家族すら幸せにできないのなら、社会も日本も世界もない。

054

確かな情報でしか動かない。
でもときには何の情報もなくても勘を使って動き、
遠くを見渡す目で慎重に振る舞うのも大切。

外国に行く前に、どこどこのストリートは絶対通らないほうがいいよって言われたとして。でも実際に行ってみて、ここは平気だけど、その隣がヤバイ、っていうような実感を自分で持つこともある。

そういうとき臨機応変に、自分の体の感じた情報を信じることができるようにしたほうがいい。

あまり危ないところに行きもしない私ごときでもそうしている。そうすると、軽い気持ちで、なんだか面白いからこっちに行ってみよう、みたいなミスがなくなる。

海外に行ったときに特に意識するようになったけれど、日常でも同じことだと思う。地に足がついた状態なら、危険を敏感に感じることができるようになる。浮わついていると、判断ミスが出てくる。そういうときは、原点に戻ってまた歩き始めるのがいい。あわてて動くとよくない。

055

今から行きたい思想の方向を自分の体は知っている。
体に頭を下げて導いてもらう。

夜になると、わりと家にいるようになった。
早寝するわけじゃないけれど、夜は家で過ごしている。
これは、東京の治安が悪くなる、と直感しているから。
家にいるほうが安全だし、やりたいこともやれる。
あとは、一生分飲みに行ったから、もうあんまり行かなくていいかなって。

056

そのためにも体を健康に保つようにする。無理はしない。
嫌なこともしない。

健康なときって、心が静か。

健康を失うと、人は変なことをやり始める。よくわからない健康法とか。頭でそういうのをやったほうがいいかなって思っちゃうときは、きっともうズレてるとき。

バランスを取ろうと思うときは、すでにバランスを失っている。

そういう自分をちゃんと見ること。

057

きれいな水をたくさん飲む。脳が喜ぶ。

水分が足りてないと、目や脳がカチーンってなる。
だからいい水を飲むことに、すごく気をつけている。

脳を喜ばせるには、寝ることも大事。
明石家さんまさんとかを見ていると、あれだけ寝なかったらすごく効率いいんだろうなと思ってつい憧れるけれど、自分は自分。やっぱり、寝てないと全てのクオリティーが落ちるから。

寝るのは大事。だからよく寝て、脳を休ませる。

058

目を休める。手のひらで温める。
目が資本なのが物書き。

もしも目が見えなくなっても、小説は書ける。ただ、観察ができなくなる。
そうなるとつまらないし観察をしていたいから、目を大切にする。
目のために、スマホを見る時間にも気を使う。
まるで小学生の子を持つ母親のように自分を律する。

059

腹を冷やさない。

書くときは座りっぱなしだから。もちろんふだん歩いたりはしているけれど、手や足首を動かしていないことや、座りっぱなしで体が固まることがある。

体を動かさないと、特に女性はお腹が冷える。

だから体全体を動かすことを忘れないようにする。

たとえば女性が無理をすると、子宮付近に不調が出ることが多い。センサーになってくれているのだ。調子をよくチェックしておく。

060

たくさん歩く。
ずっと座っていたら、書くものが澱むから。

人間は歩かないとダメなようにできていると思う。
散歩って、本当は好きじゃない。なんだかダルいから。それでも、なるべく歩く。
移動もできるだけ歩く。頭も冴えてくる。

061

確信を持つ。

持てなかったら、持てるまで考えたりそのまま放置してタイミングを待ったり、とにかく必ず持ってから書く。

そうして何十年も経ったときの自分に恥ずかしくない考えを書くように努力する。

ものを書いていると、自分が何を書いているのかがわからなくなることがある。特に、小説の内容が込み入ってくるときに。

そのときには、「これを書こうとしてるんだ」っていうのが見つかるまで、そしてそれを一言で言えるようになるまでは、絶対に発表しない。

何を書いているのか確信しないと、結局、人にも伝わらない。だから、ここまで書いたし出版しよう、なんてことは絶対にしない。400枚書いていても、ボツにする。すごくしょんぼりするけれど。

062

自信を持つ。
これは自分にしか書けないものだということの奇跡を深く知る。

自信には必ず根拠がある。

親が金持ちとか、なんでもいいけど、足が長いとか。

根拠がない自信を持ってる人っていそうで意外にいない。

私は、根拠のない自信を持って何かに挑戦することはない。

時間がもったいない。

根拠がなければ、こういうところで自分が挫折するであろうということがわかっているから。

ただ、経験として、その挫折を超えてみたければやるけれど。

063

自信を失わせそうなものに出会ったら、一度深くまっすぐ見て、
そしてすっかり忘れる。

たとえば2ちゃんねるなどで、ひどいことを書かれたことが何回もある。

自分では見ないけれど、わざわざ人が教えてくれた。

私も子どももバカだとか、服のセンスも悪いだとか。いくらなんでもひどいんじゃないって。


でも、自信を失うことはなかった。


切り替えるだけでいい。

別に、その人たちが私の税金を払ってくれるわけじゃないから。

064

日常で何回も出てくるワードがあるか、アンテナを張る。
あったらそれは次回のテーマになり得る。

たとえば最近、何回も出てくるワードは、日本のロックバンド。

特定のバンドではなく、日本のロックバンドが今熱いみたいなことを、みんなが言ってくる。

現実には、まだ自分の何にも活かされてないけれど、きっと何かがある。そう思いながら、観察を続ける。

065

そのアンテナが錆びないように、心身をフレッシュに保つ。

アンテナを錆びさせないために必要なのは、よく出てくるキーワードに興味を持つこと。

たとえば、ロックバンド以外に、日本のＨＩＰＨＯＰシーンもすごいよ、っていうのを聞いたとして、「いや、でも私、若い人の音楽わかんないから」と流さずに、その中でどのグループが人気なのか、なんで人気があるのか、とフレッシュな気持ちで聞くようにする。

066

この世にたったひとつ法則があるとしたら、体があるということと、
体は地球上の自然の法則にのっとっているということ。
だから自然の流れからしか学べない。
誰もそこから逃げられない。

私は若い頃、ものすごくお酒が強くて、どれだけ飲んでも影響がなかった。酔ったとしても次の日に残らないし、立ち居振る舞いも変わらない。

これはすごいことかもしれない、とも思ったけれど、「いや人間だから絶対あり得ない」と考え直した。

そして年を重ねるにつれ、「やっぱりあり得ないんだ、ちゃんと後からガタが来るに違いない」とわかった。

もしもあのときに、変な自信を持って、大酒飲み選手権とかに出ていたら（そもそも出ないけど）、あと、調子こいて飲み続けていたら、違うことになっていたはず。

067

時間は過ぎていくということも、川から海へと水が流れることも、
朝が来て夜になることも、全てが自然の法則であり、
変えることはできない。
素直に流れに身をまかせる中で何かをつかむしかない。

時間に対する感覚を変えようとする人たちがいる。

俺は寝ない、とか、不可能な期限の中で絶対何かをやってみせる、とか。

短期間なら成功するかもしれないけれど、長い目で見たらムダが多くなる。

眠くなれば寝る。

疲れたら休む。

時間というものを見ながら、効率よくコツコツやっていくほうが、結果がよくなる。ある程度の年齢になるとそれがよくわかる。


もちろん、勢いは大事。勢いがないと何もできない。

来月までに書いてやる、みたいな。でも、その気持ちを持ってやっている最中でも、「あ、ここは休んだほうがいい」って感じたら休む。


意志の力で自然を曲げない。


やりたいことがあったとして。忙しいから時間がないのではなくて。

優先順位を上げれば、時間は確保できる。時間があるなしの問題じゃない。

068

死ぬ寸前まで生きようとしよう。
たとえ書けなくなっても心は小説家でいよう。

意識不明になって、点滴とかするようになって、書けなくなれば、もう小説家とは言えない。

でも、心構えは小説家でありたい。

このまま死んでいくんだなって、最後まで思わないようにする。

もうちょっとしたら復活するかもよと思いながら死にたい。

069

かゆければかく、暑ければ脱ぐ、寒ければ着る。
その生き方が大切。
こねくりまわさない。

私の子どもは、産まれて6ヶ月くらいでアトピーになった。
そのときに、ありとあらゆる複雑な話を聞いた。地球が病んでいるからだ、とか、
私がこれまで食べてきたジャンクな食べものが乳から出ているからだ、とか。
でも、そんなのもういい、やめようよ、って無視して。
シンプルに夏に子どもを海で泳がせていたら、結局アトピーは治った。
本気にしなくて良かった。無視して良かった。

ただ、痩せ我慢は大事。痩せ我慢って、現代の地球から消えそうな感覚だから。
少しだけ残してほしい感覚。

070

肌が汚いとやる気が落ちる。
皮膚には全部が出る。大切にメンテナンスをしよう。
そして作品もそれと全く同じ。
校正は真剣に、装丁には妥協しない。

書くときって、始めから本が見えていることが多い。本の表紙とか。だからなるべく、それに近い形に作るようにしている。

もちろん、私が見えたものと全く同じにするのなら、私が作ったほうがいいので、決して自分では作らない。

ただ、自分のデザインを柔軟に変えようとしない人たちには頼まない。そういうやり方の人たちを否定はしないけれど、変わることを良しとできるような人に頼む。

だから、イラストレーターＡＢＣＤＥどなたにしますか、みたいな提案があっても、それには絶対乗らない。本の魂はコンペで決めたりできない。

本の魂によって、自ずと決まっている何かがある。それに沿って考えなくてはいけない。

071

自分の書いたものを一番理解する。
今は向き合いたくなくても大事に抱く。

自分の書いたものに、私はあまり向き合いたくない。そのときの自分自身だから、もう過去になっている。でも、できるだけ理解しようとする。

私は書いたものを一度寓話に落とし込む。だから、それはもちろん私の人生ではない、他の人の人生。その主人公たちにインタビューしているようなものなんです。

ただ、多くの読者は、私の書いたものに対して、癒しとか再生とか喪失からの復活とかの印象を抱く。でも、私はそういうことを中心に書いているつもりはない。それでも、自分まで自分の作風を読者と同じように思いそうになるときがあるから、そのたびに、ああ違う、実のところ、こういうことを書きたかったんだ、って思い直す。

072

自分が大切にできないものを、人が読んでくれるわけがない。
子どものように思おう。
かわいくないと思えたら、
かわいくなるような工夫を最後までしよう。

たとえば、ちょっとだけハードボイルド寄りの文体とかで書くと、雑音が生まれるというか、どこか突き放したような感じになる。

でも、ちょっとした工夫で少し丸くすることができる。そういう工夫を最後まで、ヤスリをかけるようにやっていく。

雑なのと、格好良いのと、突き放しているのは、とても似ているから、自分だけはすごく気をつけてうまくやらないといけない。

主人公がちょっとバカな子だとする。ひとつの会話の中で、4回も5回も「だって」ってセリフを口にするような子。

そういうのを校正の人が読むと、指摘される。「『だって』がたくさんありますよ」って。でも私は、「この子はバカだから、『だって』を入れないと喋れないんだよ」って書き込んで、直さない。

そういう考え方をしている。

073

ニーズのないものを書かない。

読者がいるか、いないか。

読者が0だったら書く必要がない。それだけのこと。

SNSやメールで、ああ、ちゃんと誰かが読んでいるって、わかる限りは書いてもいいけれど、勝手に自分で書いて「小説家です」っていうのはやっぱり違う。

ニーズがないなら書かないほうがいい。

074

しかし決してニーズに合わせて書かない。

読者の数が多くなればなるほど、テーマは薄まるもの。薄めればもっと部数が増えますよ！　何回言われたか。

そういうことには乗らない。

075

どんな書き物にも自分の魂のひとかけらをしのばせる。
それが入っていることは人に必ず通じる。

もしも、私が時刻表ミステリーとか、偉人の伝記とかを書いたとしても、ただ書いているのか、それとも何かを思い入れて自分に重なる部分を書いているのかの違いは、必ず伝わる。

それが魂。

私が時刻表ミステリーを書いたとして、誰かが「珍しいなあ、吉本さん、こんなの書いたんだ」って思いながら読んでも、「あ、でもやっぱり、これ吉本さんが書いてるんだな」って、わかるかどうか。それは、本質みたいなもの。

たとえ書くときに楽ではなくても、その本質、魂が入るように書かないといけない。

076

人生の最後の最後の瞬間まで、進化し続けようとする。
決して不可能ではない。

進化って、より良くなるっていうこととも違う。
より深く理解するってこと。
何か、真実に近いものを。
何があろうと、最後の最後まで、理解し続けようとすることはできる。

077

考え方で食べているのだから、他人の考え方を否定しない。
そういう考えもあるんですね、と去るだけでいい。

考え方でご飯を食べていないのなら、どんどんぶつかり合えばいい。
でも、自分は自分だけの考え方でご飯を食べている。
だから、他人が考え方だけで食べていたとすると、そのことを否定したら、
自分を否定するのと一緒になる。

いろんな人がいるなあ、でいい。別に友だちになるわけじゃないし。
いろんな人がいるから世の中は面白いんだよね、でいい。

考え方対考え方で戦ったらキリがない。

078

子どもと年寄りには最高に優しくあるように。

お店でも、国でも、なんでもいいのだけれど、人間は初めて行くところで、すごく弱くなる。

海外の人が初めて日本に住み始めた時とか。

本人が弱いんじゃなくて、その状況において弱くなってしまうような人たちには、やっぱり優しくありたい。

そして、その人は弱くないのに弱い立場になってしまっている人たち。赤ちゃん、子どもたち。これからこの世を去っていく、年配の人。そういう人にも、やっぱり弱さがある。

そういう人には親切にしたほうがいい。

079

恋愛は必須ではない。
でも、経験しないと何も書けない。
書くことの始まりはサメでもカメでも電車でも飛行機でも刺繍でも
推しでもいい、世界の何かに対する恋だからだ。

いつも、この世の中って美しいなって思っている。

私にとって、もはやそれが一番、恋愛に近い感覚。


なんでこんなすごいものを見せてもらえるんだろう、そういうのがないと、書こうって思わない。

人間相手だと相手があるから、自分だけではしょうがないけれど。

恋愛するって、出来事であり、体験でもある。

その流れのすごさには敬意さえ生まれる。

敬意が生まれて心が動く。

そうならないと、人間ってものを書かない。

080

長く続ける。ただただ時間を使って書き続ける。書き続けなかったら、何も始まらない。

「30枚書いてはやめてしまうけれど100冊分は書きました」みたいな感じの人がいる。「どうしても完結させられないんですけど、100編書いてます」みたいな感じの人も。何を言っているんだろう？　違うだろって。

何百人のそういう話を聞いたかわからないのです。

座って書くのがつらいなら立って書け。

立って書くのがつらいなら録音しろ。

そして完結させろ。そう思います。

私が子どもの頃はすごく書く時期と何も書かない時期があったけれど、今は勝手に手が動いて、書き続けている。

物語を最後まで書けないっていうのは、小説家に対して間違った憧れを持っているから。

たとえば、「モデルになりたい!」というのはよく聞くけど、あんなに大変な仕事はない。真冬に春夏の薄い服を着て、幸せそうに笑わなくちゃいけない仕事。もちろん待機時間も長い。移動も多い。

俳優もそう。みんな、「なりたい」って言うけど、大変な仕事。10分撮るのに、撮影の準備とか天気とかのために、何時間も待つ。そういうのを考えているのかなって。

なれるなれないと、向いてる向いてないはまた別の話だけど。

081

目の前にある10のものから、いつでも自分の好きなものを一瞬で選び出せるようであれ。

ものを書かないのなら、別にいつまでも悩んでいていい。
ピザにしようか、パスタにしようか、自分は何を食べたいのかな、とずっと悩んでいていい。

でも、ものを書くのなら、自分をわかってないと書けない。
迷わず決めなくてはいけない。
書くことは、一瞬ずつが全部決断だから。

たとえば、この主人公はここではご飯食べないよな、となれば絶対食事させられない。そういう場面で決断力がないと。

自分がちょっと書き疲れたから、ここで食事のシーンにしちゃおうとか、そういうのをやっていくと、どんどんブレていく。

だからその瞬間も、決めないといけない。

ただ、どうしても決められない部分、モヤモヤした部分があっても、書き続けること。今死んじゃったらこれが残っちゃう、どうしよう、みたいな感じのものでも、分量が多くなれば、そのかたまりの中から使えるとこが出てくる。それはそれで生きてくる。

だから、やっぱり書き続けたほうがいい。

100行書いて使えなくても、でもその中の3行は使える、それだけでも、もう、すごくいいということ。

082

おいしいものを、美しいものを、快いものを、
いつも近くに置いておく。
いつでも触れられるように。
生きる力を思い出せるように。

私はとにかく犬が好き。

何かを見失いそうになったら、犬を見る。犬の耳や、いろいろな部分が、ああよくできているな、とか思っていると、なんか大丈夫になる。

犬にとってはしつこくされていい迷惑だけれど。

083

人と同じ角度で見ることと、
人とは違う角度で見ることを同時に行う。

たとえば、TikTokがすごく流行っている。面白くて時間が潰せるから、流行るのもわかる。そうやって動画を見ているときは「わあ、面白い！　次も面白い！」って、他の人たちと同じ気持ちで見ている。

でも、違う角度から見ると、この編集はプロが入ってるなとか、自然光のようだけど照明だなとか、いろんなことが見えてくる。

他にも、スマホがPCより栄えている理由を違う角度から見ると、みんなに根気がなくなっているからだな、とか。

このくらいのことでも、両方の角度から見ると、いろんなことがわかってくる。世界に深みや奥行きが出るし、何より楽しい。

ものを書くのなら、両方できないといけないと思う。

084

心弱いときの自分の優しい動きをよく見ておくこと。
いつまでも傲慢なものを書かなくて済む。

心弱いときほど、人は優しくなれる。
ひとりで、体の調子も悪くて、天気も悪くて、タクシーもつかまらない、みたいな感じのときに、ああいつも周りのみんなはすごく優しいんだな、と思って立ち直ることってある。

強気なときっていうのが一番危険。
取り巻きがいるとか、ブイブイいわせているときって、周りの優しさも、自分の優しさも、あんまりわからないから。

強気になり無神経にならないように、いつも気をつける。

085

なるべくシンプルであるように。矛盾とか複雑さとか煩雑さをなるべく近づけない。

変な動きをしないこと。

予想外のところに行っちゃうとか、行った先で他の場所のことを思い出して、これからそこに行っちゃおうとか、そういうのはもちろんOK。取材もできる。だけど、何かのために、ここに行って、それからあっち、って、予定をめちゃくちゃに詰める、とかしていくと、どんどん複雑になる。ここに行くには、あの人にまず挨拶しなきゃとか、どんどんどんどん曲がっていく。

そういうのがないように、シンプルに動くほうがいい。

そのためには、ともに行動する人数を絞るべき。

ともに行動する人数が、3人とか5人を超えると、それぞれの意向もあって、複雑になってくる。そうすると、物理的にフットワークが重くなる。内面の問題じゃなくて。


付き合う人数のコントロールはしない。

でも、嘘をつかないように生きていると、だんだん付き合う人数が減っていく。


以前、私の家に急に来る人っていうのが、ものすごく多かった。

それこそ伊佐坂先生みたいに、家でのんびりしながらアイデアを練っているって思われていたのだろうし、自由業っていうのを、自由なんだ、とも思われていた。

急にピンポンって来て。「お茶しよう」とか言われて。

そういうのをコツコツ断わっていたら、やっといなくなった。

086

目の前のものを100パーセントただただ見る。
考えるのはそれから。
そして考え抜いたらあとは集中するのみ。

何かを見ている途中に考えが浮かんだら、それをいったん置いておく。考えが浮かんで、きっとこうなんだ、って考えたり判断したりすると、ものごとが止まってしまう。

だから止めないように止めないように、ただ眺めて、それでちょっと時間が経ってから振り返ると、こういうことだったんだって理解ができるし、すごく参考にもなる。

見る側だけでなく、見られる側としても、ただ見られるようにする。正直者だから、考えが顔に出ちゃう。

あ、今、この人なんか退屈してるな、とか思われてしまうと、周りがものごとを止めちゃう。

だからそういうのを止めないように、いやいやどうぞ続けてくださいって、いつも思うようにしている。

087

**気のいいもの以外にはなるべく触れないようにする。

そうでないものは自然界にも人間界にもたくさんある。

わざわざ近づく必要はない。

汚れた見た目でも気のいいものはたくさんある。

美しくても汚染されたような気の悪いものもたくさんある。**


見た目で澱んでいるかどうかがなんとなくわかる。

ここはちょっと不吉だ、近づきたくないわ、と思ったら、やっぱり近づかないほうがいいし、見た目がすごく綺麗な人でも、ウワー！　みたいな重い人っている。

それって、普遍的なものだと思う。

そのときの精神状態で、澱んだところに行きたい人もいる。東電ＯＬ殺人事件の被害者みたいな。

心の中が元気いっぱいだったら、あんなことにならない。

あの人が殺されたアパートの前を通ることがあるんだけれど、まだ澱みがあるように感じて。ああ、ここ入ろう、ここでセックスするのが仕事だしって思ってしまうってすごい精神状態だなって、考えさせられる。そんなふうにこの世の中のいろんなことが見えてくる。

あと、複雑な理念を掲げた環境保護的な団体とか、便利な鍋を売っている会社とかに行くと、建物はピッカピカだけど、早く出たくなってしまう。気が悪いと感じるから。

気がいい場所だったら、自分も充電できるし、会う相手にもいい影響を与えられる。

088

自分以外の大きな力を信じる。
それは自然の法則や宇宙の法則でもいいし、神とか仏でもいい。
そういうものがあることだけは常に心に持っておく。

曲がったこと、間違ったこと、小説にとって適切じゃないことを書こうとすると、筆が止まったりする。書かせない力を感じる。あ、やっぱり何かあるんだ、って。後で考えてみると、あの1行を間違っていたら、全部間違えるところだった、みたいな。

何か大きいものに沿って書いている、そう信じる。

089

何らかの形で瞑想に触れていること。
そこにしか広いものにつながる通路はない。

座って瞑想しなくてもいい。

雑巾掛けとか、体を動かしながらでも全然いい。

瞑想的な状態にならないとわからないことがこの世にはいっぱいある。

自分でもわかってないはずのことがなぜかわかるようになる。

ストレッチでもいい。シンプルな動きをしながらでも、ああ、なるほどねとか思うような。瞑想的な、意外な心の動きが静けさの中から生まれる。

私は自分の家のテラスに出ることが多い。なんにもしないって退屈しちゃうから、そこで草むしりとかしていると、突然、今調子いいな、って思って、いろいろなことがいっぺんにわかるようになるときがある。

あとはめちゃくちゃ踊るとか歌うとか。

シンプルな動きに身をまかせていると、あーなるほど、という気づきが起きやすい。

090

競わない。
自分だけを深く深く掘っていく。

比べるっていうのは楽。そこに逃げられるから。
創作には、上下が決してない。
個々それぞれにしかできないものだから競ったってしょうがない。

ただ、競わずに生きてきた私でも、たまに、いいなあ村上春樹さん、家が広くて、とか思うことはある。ウチは広くないから。ちっちゃいほうが好きだから満足しているのだけど、たまに、あんなにレコードを置くところがあっていいなあ、とか、あれだけ置くところがあったら、私もレコードをたくさん買いたいなあ、とかは思うことがある。
でも、それはすぐ忘れる。まあいいか、って。

091

一目で「この人の書いたものだ」とわかる特徴を持つ。
ただしそれは計算しても決して見つからない。
書き続けるとわかってくる。

8歳ぐらいのときに、ああなんか私の持ち味ってこういう感じなんだって、自分で気がついた。

持ち味は変わらない。その人のコアになるものだから。

092

ペースを落とすことをいつも心がける。
生き急ぎたい誘惑にかられても、じっくりと一歩ずつ。

セーターを10枚買っちゃうようなときがある。

10枚も要らないってわかっていても、このお店のこのシーズンのセーターは、もうないからな、って買っちゃう。

そうすると、ひと冬では全部を着きれない。


人生短いんだから、そういうムダをやめようって思うけれど、それでも買っちゃう自分がいるし、そんな自分が怖くもある。

そういうことが必要なときもきっとあるんだろうけれど、ペースを落として考えたら、もうちょっとマシになる気がする。

093

いろんなことに手を出すより、自分のジャンルを深掘りする。

だいたいの人が気づいていないだけで、それぞれが自分の得意なジャンルを持っている。絶対。


自分をよく見ること。

こういうとき、自分は喜んでいる。こういうとき、あまり喜んでないな、とか。

それ以外に見つけ方はない。


私、一度、「イチロー物語」を書きませんかって依頼されたことがあるのだが、やってみようか、とは思わなかった。どう考えてもない。

あと、「上岡龍太郎物語」とか。なぜ頼んできたの？　って思いつつ。

その人たちに興味がないわけじゃない。偉大な人たちだし、人間同士だから。

でも、うまくいく気がしないなってていう。それだけ。

そうやってわかる。

094

妬まない、意地悪しない、そんなひまがあったら書きまくる。

昔から妬まない。

マイペースで、オタク。

でも、たとえば夜中の3時に、私が必死で仕事をしているとき、子どもがゴロゴロ寝転びながら「ママ、ラーメン作って」とか言われるとちょっと意地悪したくなる。

唐辛子入れてやろうかとか、茹で過ぎてやろうかとか思ったり。

私の意地悪なんてそんな程度。

095

少しでもお金が入ると詐欺師はたくさん寄ってくる。
見分ける目と、知り合わない生き方を心がけよう。

相手が詐欺師かどうかは、痛い目に遭わないとわからない。

私は、何回痛い目に遭ったかわからない。


日常の中で詐欺師ってなかなか見ない。

そうすると鈍くなってくる。

だから、経験するしかない。小さい経験で済むといいけれど。

家を担保にしちゃうとか、そういうレベルのは怖いし、経験がない。しないようにしているし。


でも、面白いこと、ワクワクするようなことの近くには、規模はともあれ必ず詐欺師や詐欺師まがいがいる。


だから、おいしい話に飛びつかないとか。あとは、なんかこの人、行動パターンがおかしいな、とか。なんでこの町とこの町とこの町に行くんだろうとか、よく観察する。人は行動に全てが出るから。

本当に気をつけよう。

096

地獄を見たことがない人は天国も見られない。地獄の中にいると感じているときはそう思おう。

小説家になったとき、地獄を見た。

自分の小説家としてのモデルケースは新井素子さんだった。打ち合わせの仕方も、いいなあって。

服装も地味で、全く飾り気のない新井素子さんが編集の人とチビチビチビチビ話しながらそっと打ち合わせしているのを大学生の頃よく見ていた。

なんて素敵！　と思って。

あんな感じがいいなと思っていたら、ちょっと違う感じになっちゃった。成り行きで。

みんなが家のゴミ箱漁りに来たり、私がハナクソをほじってる写真を撮って雑誌に載せたり。いつも張られていて落ち着かない私生活を経験してしまった。

これは地獄だなって。

いつもインタビューに行くと、小説の話かと思ったら、金の話しかされない。いくら儲かりましたか？　それで何を買いますか？　まだ20代ですけど、どうするんですか？　とか。どのインタビューもそうだった。海外で売れて、海外でインタビューを受けたら、初めて小説の内容だけを質問された。嬉しかった。

小説家なんてどんなに売れようがそんなに儲からない。税金がほとんど。それなのにお金の話ばっかりだった。この感覚の中を生きていくのは地獄だなって。

どんなに考えぬいて何書いたって、お金いくら入ってきましたか？　しか聞かれないから、本当に参ったなあって。

097

世界の全ての美しさを常に愛そう。

残酷なものとか恐ろしいものってこの世に確かにあるなって思うけど、今、
とりあえず自分の周りにはない。
それはもうすごく優しく美しいことだなって。
残虐なものを見るたびに思う。
人間は、キリがないぐらい残虐なものだから。

098

理想を生きるよう、1分でも1秒でも多く。

私にとって理想的な生き方とは、心が平和に落ち着いていること。

アップダウンがあっても、めちゃくちゃにはならない状態。

なんかいいなっていう状態の日々が、なんとなく多い感じが理想的。

もちろん、喜怒哀楽を捨てるってことじゃなくて、そういうものがありながら、心の中は静かという感覚です。

楽しいな、と静かに喜びをかみしめるような、そういう時間が多いのが、私にとって理想的。


たとえば大金を持ってカジノに行くとする。失敗したらどうなる、とドキドキしながら、集中する。

そういう人の気持ちと、私にとっての静かな感じは同じ。

ドキドキしている自分を見ていて、それでも落ち着いた状態。

変な落ち着き。その感じがあればいい。

099

生命というものを、その美を何よりも尊重する。
それを絶対としてから自分を考えにやっと入れる。

メダカの生命の美しさ。

家でメダカを育てている。繁殖まではいかないけれど、卵が生まれて、自然に、子メダカが増えている。

メダカは、ちっちゃいときから、もうメダカ。で、動いている。

たまにメダカが水槽から出て死んでることがある。もう全く動かないし、美しくもある意味ないっていうか。

死体の美しさっていうのもあるけれど、それって生きてたときを知っているから綺麗だと思える。

だから、生きているメダカを見ていると、これに勝るものはないと思う。命が入っていて、動いている。毎回感動する。

100

媚びない。
自分の生き方だけを強く信じる。

マイケル・ジャクソンの、「THIS　IS　IT（2009／マイケル・ジャクソン、ケニー・オルテガ）」って有名な映画がある。

その中で、マイケルが買い物に行った先のデパートのおじさんが、日本人がするように、あのー、とか、あちらもー、とか言って、媚びたように、両手でゴマをする動きをしていた。あの動作！

こんな動き、本当にあるんだ！　と思って。

ああすごい、人間っていつでもこうなれるんだって。

ちなみに、マイケルが「踊りながらカウントしないほうがいい、してると見ててすぐわかるんだ」みたいなことを言ってたの、すごく感動した。


私の場合、職業柄、あの人すごい人だよ、みたいな人と会う機会があるから、そこでそういう、媚びへつらうような態度をとらないようにするにはどうしたらいいんだろうって、常に考えてる。

小説家として生きていくには

生き方の決め方を、まず自分で決めるというようなことをするためにはどうしたらいいでしょうか。小説家で食べていくのは大変ですよね？

純文学の小説家で食べていくのは本当に大変。純文学だけで副業を持たずにやれているのは、日本に7人しかいないらしい。見城徹（幻冬舎）さんが言うにはだけど。

でもその7人、誰ですかって怖くて聞けなかったけれど。ただ、「ばななを含めて」って言ってたから、自分も入ってて良かったと。

ドラマの「ナルコス」とか見たらわかるように、人間って、本当に簡単に洗脳される。しかも、毎日のくりかえしから。

どこかに閉じ込められて、こうだこうだって言われるような、イメージ通りの洗脳でなくても、毎日毎日聞いていたら、なんとなく、そうなっちゃう。それは人間が肉体を持っている限り避けることは絶対不可能で、まず普通に学校教育を受けたら、もうそうとうに洗脳されていると思ってもいいんだと思う。。私は学校に入ってすぐそう思った。ヤバ、ここにいたらもうダメだって。

だから比較的、学校にいる時間はスヤスヤ寝る時間に充てて。最低限、なんとか卒業して、他の活動にかけるっていう。

私は小説家になりたかったから、小学校1年生からそうやってあまり学校の世界に参加しないことを決められた。だから悪影響が最低限だったけど、小学校に行ってまた中学校に行って、その次に高校行って大学行って、そうなったら絶対普通に就職するようにできている。それは悪いことではないけれど、他にしたいことがあったら、マイナスになる。

そのどこでどうドロップアウトするかが、独自に生きたければ、一番大切。学校に行っていても行ってないようにするか、もう辞めてしまうか。

人間、学校に行きながら何も聞かないってことはできない。

だから積極的に寝たり、読書をしたりしていた。私は。

でも私だってごく普通に学校に行っちゃってる。だから取り戻すのに時間がかかった。今もまだ一部は洗脳から脱していない。大胆に1ヶ月くらい学校を休んでみるとか、不登校になってみるとか。それでだいたいわかると思う。

大抵の人が自分で何がしたいのかわからなくされている。

だから漫然と学校に行っちゃったらアウト。自分でしたいことを見つける時間にしないと。

どんな良い先生がいて、どんな楽しい授業で、どんなに仲間がいても、学校に行っちゃったら、もう半分は染まっちゃう。

留学でもいい。留学、不登校、ただ休む。とにかく、1年間遅らせる。それだけで大丈夫になる。

恐ろしい手段かもしれないけど、やってみる価値はある。

「俺はもう大学生なのに、今さらどうしてくれるんだ」って言われたら、自分が何をしたいかわからない、そう思う瞬間があれば、休んでみるか留学してみるか、旅行に、海外に行きなさいって言うと思う。

出版社や編集者との付き合い方。

うまくいかないと本当に地獄と思うときがある。全てがやはり人間関係だし、相手は会社員だし。自分はフリーランスだし。

何年も先までスケジュールや締め切りが全部決まってるから、今はとにかく私にとって大丈夫な数少ない担当者をつかまえて離さない。その人が会社を移ったら自分も移っちゃうみたいな。

でないともう、ハゲちゃう。

私の場合、ちっちゃいときから出版社の人たちを見ていたし、子どもだったからこそ、その裏も知っていた。

親には「先生!」とか言ってて、子どものことを足蹴にするような人もいっぱいいたし、もちろんずっと変わらないいい人もいた。ああなるほどって、子どもながらすごくよく見てた。

だから編集者には、この人と思ったら食らいついていくしかない。

結局、会社に属している人だから。しかも大概の場合はエリート。いい大学を出ていないと入れない出版社が多い。だから枠を超えてきてくれることはないし、会社の方針には逆らえない。それを踏まえた上で、人として付き合える人を探すしかない。

編集者とはいっつも喧嘩してるし、いっつも揉めてるし、本当に大変。でもその中でも、ちゃんとわかってくれる人とか、なんとか自分を持ちながらやっている人とかいる。できるかぎり仕事の約束をする。

だから何年も先までの約束になっちゃう。

「お願いここで3冊出させて」とか言って、「ダメです」とか言われて、すごすご去ることも多々あるけれど。

小説家になるということは、やはり狭き門。

一作や二作なら、経験の蓄積でなんとかなる。

でも、それでごはんを食べ続けるのは本当に大変。

収入が激減したときはめちゃくちゃ不安だった。でもしょうがないから。最後は手売りだなってところまでいけば、怖いものがなくなるから。

どこか田舎に引っ越すことも考えた。急に引っ越すと近所付き合いも大変だから、近所に知っている人がいる、激安のところに。

それから電子書籍関係の人をなんとか、自分で見つけて、紙の本は発送業務まで自分でやって、あとは友だちのイラストレーターに頭を下げて安いギャランティで表紙を描いてもらうとか。

最悪、自分で表紙を描けばいい、とまで思った。

そこまで決心がつけば、大丈夫と思えた。


ただ、そのときに自分で今よりもしっかり会社をやってたから、何人かの社員は解雇することになった。泣きながら。すいませんって。ちょっともう無理です、って。

つらかったけど、でも持ち直すことができた。

小説家の自由とは？

心だけは、お金がなくても自由だし、嫌な人と同じ空間で過ごさなくてもいい。自分の予定を自分で決められる。

小説家とは、究極に自由な仕事。でも、不安定な仕事の契約。

教科書に載ったり受賞するのは全然報われたことじゃない。とてもありがたいし、親戚や年配の人が喜んでくれるのは嬉しいけど関係ない。誰かの自殺を数日延ばせてチャンスが生まれたとか、誰かが親を亡くしたとき、読んでいたらそのときだけ休めたとか、それが報われたこと。

でも、受賞や、教科書に載っているとかいうことがあると、とにかくおばあちゃんとかに説明しやすい。

子どもの友だちのお母さんとかに「教科書に載ってるんですよ」とか言うと、「そうなの！」とかなるからすごい楽。

小説家として今もなお目指しているステップとは？

読んだときは読んだ気がしない、って感じのものを書きたい。

読んだときは何読んだんだろ、全然つまんなかった、さらっと読んじゃった、みたいな感じなんだけど、その人がピンチになったときに、ふとその小説の一場面を思い出すような。

そういうものを書けるようになりたい。

今はまだ若干雑味があるから。

ずっと、自分との戦いです。

あとがき

この本は、杉本マリカさんという破天荒な物書きかつ歌手の美女に誘われたことがきっかけでできたものだ。彼女は生島マリカ名で大変優れた本を何冊か出している。

それについては、マリカさんに心からお礼を言いたい。

マリカさん、ありがとう。共著で出せなくて残念でした。

体を大切にして、仲間と楽しく過ごし、長生きしてたくさん書いてください。必ず読みます。

マリカさんのことを思い出すときは、いつも繰り出されていたパンチの効いたギャグを思い出して、常に笑顔です。

あんなに美しく、ロシアのスパイみたいな見た目で、でもバリバリの関西弁で、フェラーリに乗って牛丼を食べてる、夢のような女としばらくでも過ごせて、楽しかったです。

私にはそんなに人生の時間が残されていないので、もう一緒に遊ぶことはできない。でも、いつでもマリカさんのあの小さい頭を頑張れよ、頑張ってるんだよな、と撫でている。

私がこういうことを言ったり書いたりすると、多くの人に「絵手紙かよ！」「偽善かよ！」と言われるんだけれど、いつもガチで本気です。でないとああいう奇妙に優しい人たちが出てくる小説を世の中に出すなんてできない。

最初マリカさんが笑顔でやってきたとき、全てがわかった。「この人と長く付き合えることはないな。この人は大変な家に生まれたゆえに、誰からもなにかを大切にただそっとしておくことを教わっていない。大切なものには全力でぶつかって自らの手で壊してしまう人だ。だからこんなにも美しくて儚い感じがして、楽しいのだろう」と直感した。だから、言えること、伝えられることはみんな伝えておこうと思って、そして一縷《いちる》の望みを持って、しかし悔いのない短い付き合いをした。

私は自分のペースでしか生きられないので、あまりにも強烈なペースを持っている人と一緒にいることができない。今いる家族と数人の友だちだけで手一杯だし、基本引きこもりで家から出ない。飲みにも行かないし、美容にも異性にも夜の街にも興味はない。接点がゼロだった。小説家の人生なんて小さくて地味なものなのだ。

あるときズバッと別れるんだろうな、なんて悲しい！　その日が来ませんように、と思ったけれど、友人の山森麻実子さんの「人間関係がうまくいかなくなったときのソフトランディングはない」という名言通り、別れの日が来た。それは誤解から派生した問題だったのだが、私自身、ギリギリでやりくりしている毎日の中でていねいに時間をかけて説明して誤解を解く余裕がなく、そこにスタッフや家族とかお年寄りが絡んだ問題だったので、修復はできないなと思った。一時的にごまかすことはもちろんできるけれど、同じことをくりかえすだけだ。それなら愛のあるまま別れたほうが絶対いい。

共著になったはずのマリカさんの部分は自由で格好良くてとても良かったので、後日出版されたときにぜひ読んでください！

前書きに書いた通り、マリカさんの友人である北里さんと甲斐さんには、そういうわけで多大な迷惑をかけてしまった。いろいろなことを冷静さと頭脳と体力を駆使して乗り越えてきたであろう彼らだけれど、悲しいことを悲しい気持ちを抱きながら、なんとかズバッと持っていくのは、やはり気分のいいことではなかったと思う。ごめんなさい。

私が「一緒に仲良くプロモーションをしたりはできないけど、共著のままで全然いいよ」とお伝えしたら、「いや、それは心の健康にもよくないし、不自然です。別々に出しましょう」とすぐに英断を下して、きっぱりと進めてくれた。本当に漢気《おとこぎ》のある立派な人たちだし、大きな目でものを見ることができる人たちだった。心からありがたく思う。

生き生きとしたエネルギーの世界を垣間見させてくれてありがとう。

そういうわけでいろいろイレギュラーな本作りだったので、そして私が彼らの心意気に100パーセント合わせたので、ふだんの私の本と全く違うと思う。でも、だからこそ見えるものがあると思う。彼らの窓から見た私の姿を、見ることができてありがたかった。

２０２３年１月

寒いけれど彼らの情熱に温められて心は燃えている

吉本ばなな

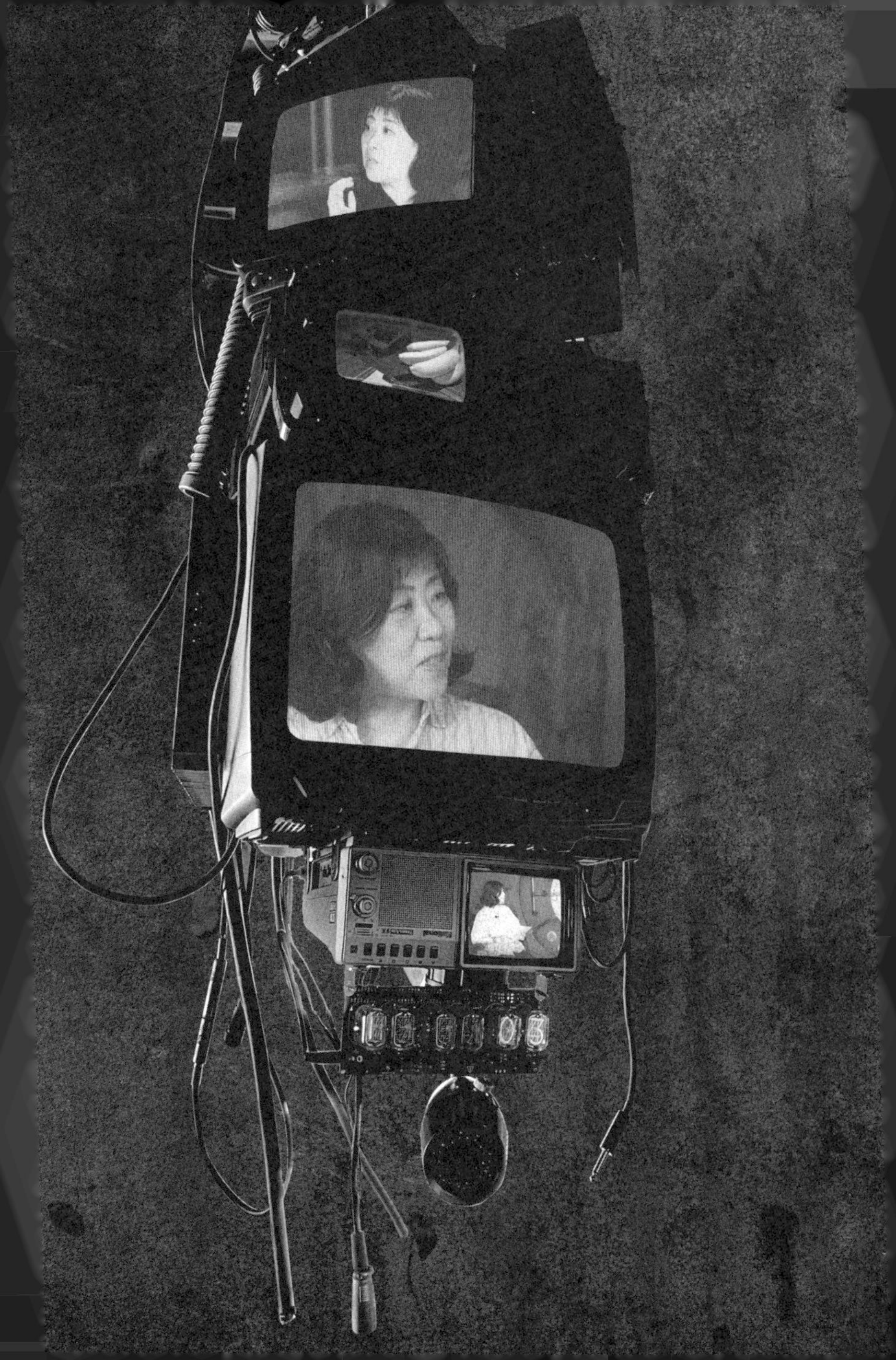

小説家としての生き方100箇条

2023年5月24日　初版発行

著者　吉本ばなな

デザイン　高橋"ERC"賢治
写真　RYO SAITO
編集・制作　甲斐博和

発行者　北里洋平

発行　株式会社NORTH VILLAGE
〒150-0042 東京都渋谷区宇田川町32-7
HULIC&NEW UDAGAWA 3F
TEL 03-5422-3557　www.northvillage.asia

発売　サンクチュアリ出版
〒113-0023 東京都文京区向丘2-14-9
TEL 03-5834-2507／FAX 03-5834-2508

印刷・製本　創栄図書印刷株式会社

NORTH VILLAGE

PRINTED IN JAPAN